Gâteau de lune

Texte et illustrations de
Frank Asch

Texte français de Christiane Duchesne

Scholastic-TAB Publications Ltd.
123, Newkirk Road, Richmond Hill, Ontario, Canada

Pour toute information concernant les droits, s'adresser à : Prentice Hall, Inc., Englewood Cliffs, NJ 07632.

ISBN 0-590-73024-X

Titre original : Mooncake

Édition publiée par Scholastic-TAB Publications Ltd., 123 Newkirk Road, Richmond Hill, Ontario, Canada L4C 3G5.

4321   Imprimé aux États-Unis   9/801234/9

Pour Devin
et les Casco

Par un soir d'été, Nours et son ami Zo s'installent au pied d'un arbre pour regarder la lune.

— Je crois que j'ai faim, dit Zo au bout d'un moment.

— Moi aussi, ajoute Nours. Tu sais ce que j'aimerais? Sauter très haut pour prendre une bouchée de lune. Mmmmm . . . Que ce serait bon!

— Comment le sais-tu? gazouille Zo. La lune n'a peut-être pas bon goût. Elle a peut-être un goût horrible!

Nours réfléchit.
Il va dans la maison chercher son arc et
une flèche. Avec une ficelle, il attache une
cuillère à la flèche.

Puis il sort . . .

et lance la cuillère vers la lune.

— Ça ne peut pas marcher, dit Zo. La lune
est trop loin. Ce qu'il te faut, c'est une
fusée.
— Alors, je vais en construire une,
réplique Nours.

Le lendemain, Nours va acheter tout ce dont il pense avoir besoin pour construire une fusée.

Tout l'été, Nours et Zo travaillent sans relâche. Mais quand l'automne arrive, ils n'ont pas encore terminé.

— J'aimerais bien partir avec toi, dit Zo, mais l'hiver approche et je dois m'envoler vers le sud avec ma famille.

Nours et Zo se disent «Au revoir!»

Il commence a faire froid. Les feuilles
tombent et Nours a sommeil. Mais au lieu
de se mettre au lit et d'y dormir tout l'hiver,

il continue à travailler. Il travaille,
travaille encore, jusqu'au jour où la fusée
est enfin terminée.

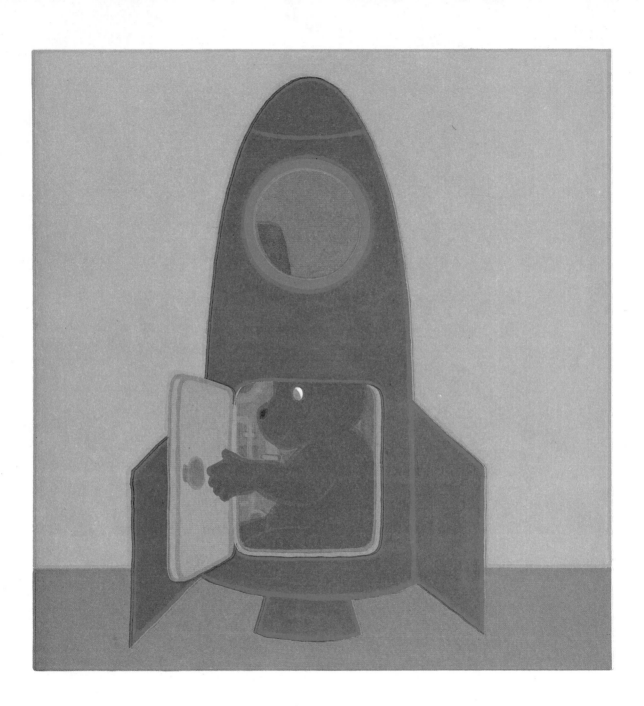

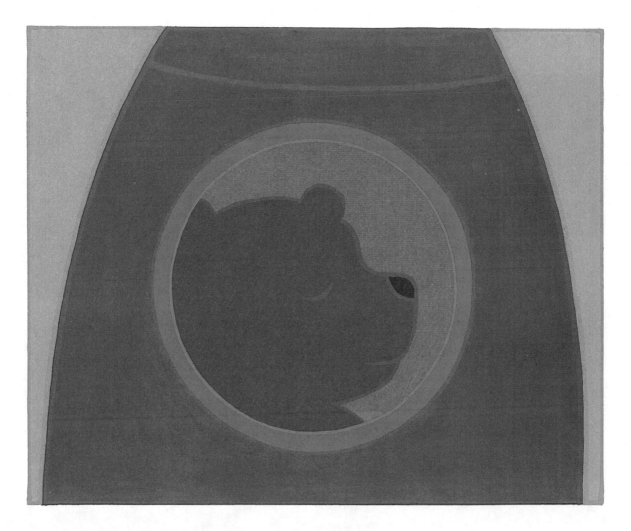

Il monte alors à l'intérieur et commence le
compte à rebours :
— 10 9 8 7 6 5 4 3 2 zzzzzzz . . .
Mais il s'endort avant d'arriver à 1.

Il dort et dort et dort . . .

jusqu'à ce que, une nuit, le vent renverse
la fusée.

C'est la toute première fois que Nours s'éveille durant l'hiver. Quand il ouvre les yeux, il aperçoit la neige et croit qu'il est arrivé sur la lune.

Il descend de la fusée et ramasse de la neige pour se faire un petit gâteau de lune. Il en prend une bouchée.

Cela ressemble à quelque chose qu'il a déjà mangé, mais il ne sait pas tout à fait quoi.

Pendant qu'il y réfléchit, il décide de faire
une promenade. Il ne veut pas aller trop
loin car il a peur de se perdre. Alors, il
marche en décrivant un grand cercle. Au
bout d'un moment, il rejoint la trace de
ses pattes dans la neige.

— Ces traces de pattes sont trop grosses
pour être celles de la souris de la lune . . .
ou d'un raton laveur, pense Nours. Ce sont
peut-être les traces d'un ours de la lune ou
peut-être d'un monstre, dit-il en
frissonnant, un terrible monstre!
Nours est effrayé.
Il retourne en courant à la fusée et se
prépare à décoller.

Encore une fois, il commence le compte à rebours.

— 10 9 8 7 6 5 4 zzzzzzz . . .

Et il s'endort comme la première fois.

Il dort jusqu'au printemps.

Un jour, son ami Zo revient et va le
réveiller.

— Comment c'était, dans le sud? demande
Nours.

— Parfait, dit Zo. Tu es allé sur la lune?

— Oh oui, j'y suis allé! répond Nours.

— Et qu'est-ce qu'elle goûte, la lune, demande Zo. Est-ce qu'elle avait un goût horrible?

— Non, fait Nours. C'était délicieux.